AUX ANTIPODES

MONOLOGUE PROVENÇO-COMIQUE

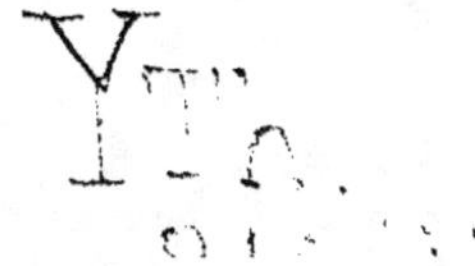

IMPRIMERIE GÉNÉRALE DE CHATILLON-SUR-SEINE. — A. PICHAT.

GEORGES FEYDEAU

AUX ANTIPODES

MONOLOGUE PROVENÇO-COMIQUE

Dit par Madame JUDIC, du théâtre des Variétés

PARIS

PAUL OLLENDORFF, ÉDITEUR

28 *bis*, RUE DE RICHELIEU, 28 *bis*

1883

Tous droits réservés.

AUX ANTIPODES.

A Madame Judic.

Té! voilà bien ma chance! Le train est parti! j'en étais sûre! C'est la faute à mon cocher! Je lui dis tout à l'heure : « Allez à la gare! » Il me demande laquelle? Je lui réponds : « Ça m'est égal! la plus proche! » Et il me conduit à la gare du Nord! Je demande un billet pour Avignon... On me répond qu'il n'y en a pas, et l'on me renvoie à cette autre gare! Voilà comment le service est fait à Paris. Naturellement j'arrive trop tard! Les trains partent toujours avant que l'on arrive!

Eh! té, depuis deux jours, je joue vraiment de malheur! Juge un peu! Mon oncle, qui était donc le mari de ma tante, meurt à Marseille! Jusque-là tout va bien! Mais voilà que mon mari qui a la goutte — entre nous c'est bien sa faute, il avait pour ami intime un monsieur qui avait des rhumatismes — mon mari me dit : « Tu iras seule à son enterrement. » J'achète une magnifique couronne d'immortelles, et je prends le train pour Marseille! Le lendemain j'arrive!... J'étais à Paris! Aux Antipodes! Je m'étais trompé de train et j'avais dormi tout le temps! Quelle aventure!

Heureusement, je suis une femme de caractère! Je ne me suis pas du tout découragée : j'ai pris mes paquets, ma couronne d'immortelles... qui était pour mon oncle de Marseille, et je suis descendue de wagon. J'ai pris un fiacre, un fiacre tout jaune, avec un cocher très aimable, qui avait une figure!... toute jaune... comme le fiacre! D'ailleurs, il m'a dit qu'il revenait des pays chauds... de Nouméa... pour sa santé, bien sûr! — Enfin, je l'ai prié de me conduire chez un cousin de mon mari, M. Lecrevé, qui habite Paris... Seulement, le malheur, c'est que le cocher ni moi ne savions son adresse! Enfin, en cherchant!...

Nous voilà donc partis! Bientôt nous passons devant un grand monument, avec de hautes murailles! Aspect imposant! Je demande ce que c'est. Le cocher me répond que c'est une prison... et la preuve, c'est qu'il y avait écrit : « *Liberté — Égalité — Fraternité* » sur tous les murs. Eh! pécaïre! moi, figurez-vous, j'avais pris cela pour la Chambre des députés.

De là, peu à peu, nous arrivons sur les boulevards. — Tout à coup mon cocher se rappelle qu'il connaît un porteur d'eau dont le frère est concierge d'un certain monsieur qui a un nom comme celui de mon cousin, et il m'arrête devant une grande maison, en me disant : « Je crois que c'est là. » Je descends et j'entre dans la maison. Là, je vois sur une pancarte : « Parlez au concierge! » Il parait que cela se fait à Paris! J'entre donc chez le concierge! Je m'assieds, je lui demande des nouvelles de sa femme, de ses enfants... Ça m'était fort indifférent, mais c'était pour entamer la conversation... Il parait très flatté et m'adresse avec intérêt les mêmes questions. Je lui réponds que je vais bien, mais que mon mari a la goutte. Alors il me dit :

« Puisque vous me parlez de goutte, voulez-vous me permettre de vous l'offrir? » Il apporte un litre, appelle madame la concierge, tous les petits concierges, et verse une tournée en buvant à la prospérité de la France. Cela fait, après avoir causé un temps suffisant pour m'être amplement conformée aux usages parisiens, je demande à quel étage demeure mon cousin Lecrevé! — On me répond qu'on ne le connaît pas! Celui dont avait voulu me parler le cocher, ne s'appelait pas Lecrevé, il se nommait Leclaqué! C'est toujours dans le même ordre d'idées.

Voyant mon erreur, je prends congé du concierge qui voulait absolument me garder à dîner et qui me charge de tous ses hommages pour « *Messieurs, mesdames et mesdemoiselles ma famille* » et je remonte en voiture. Bientôt nous arrivons sur une grande place. Au milieu il y avait une grande colonne. Vous savez... l'Obélisque!... ce monument qui sert à faire des thermomètres. Et en face, alors, se trouvait la Chambre des députés. C'est un grand bâtiment carré, avec des statues devant. Mon cocher m'a dit que c'étaient les statues des anciens présidents de la Chambre.

Le soir, n'ayant pas trouvé le cousin, je suis allée au
théâtre. J'ai pris un billet et je suis entrée... avec ma
couronne d'immortelles qui était pour mon oncle de
Marseille. Entre nous, elle commençait un peu à
m'embarrasser... J'ai vu jouer une pièce charmante!
Il y avait une chanteuse qui avait un succès fou. — A
la fin de la soirée, on lui a jeté des fleurs! Alors, ma
foi, j'ai fait comme les autres : j'ai pris ma couronne
d'immortelles et je l'ai lancée sur la scène. — Il y a
eu un tumulte alors! On a applaudi! on a crié! C'était
effrayant!... C'est égal, ça m'en a débarrassé de ma
couronne.

Pendant le spectacle, j'ai fait connaissance avec un
monsieur très bien... Il m'a dit qu'il avait beaucoup
connu mon mari... C'était une heureuse rencontre!
Après la représentation, il m'a offert de m'emmener au
bal de l'Élysée... il appelait ça l'Élysée-Montmartre,
je ne sais pas pourquoi! J'ai accepté tout de suite!
Pensez donc, à la présidence! Ce devait être un gros
personnage que l'ami de mon mari. Malheureusement
je n'étais pas en robe de bal, mais il m'a assuré que

depuis la république on n'en mettait plus... Eh bien!
non, vous savez, je m'étais fait une autre idée du bal
de l'Élysée. Si vous aviez vu ce monde... Et les danses
donc! Les femmes levaient la jambe, les hommes fai-
saient la culbute. — A la préfecture d'Avignon, on ne
danse pas du tout comme cela! Tout à coup j'ai de-
mandé à voir le président de la république! On m'a
répondu qu'il était couché et tout le monde s'est mis
à rire! Je ne vois pas ce qu'il y a de risible là-dedans.
— Enfin, vers trois heures du matin, nous sommes
partis, mon cavalier et moi, et nous sommes allés au
Grand-Hôtel, pour louer une chambre pour moi! Mais,
le plus drôle, c'est qu'une fois là il ne voulait plus s'en
aller, ce monsieur! C'est vrai! Il me disait : « Nous
causerons de votre mari! » Et j'ai eu toutes les peines
du monde pour le faire partir... Ah! c'est égal, quand
je raconterai cela à mon mari, si ça ne lui fait pas
plaisir... Il ne pourra pas dire que ce n'est pas un
ami, celui-là.

FIN

A LA MÊME LIBRAIRIE

MONOLOGUES

LE PIANISTE, monologue en prose, par E. Morand, dit par Coquelin cadet, de la Comédie-Française. . . . . I »

LA PRÉDICTION, poésie par André Alexandre, dite par madame Émilie Broisat, de la Comédie-Française. . . . . I »

LA PETITE RÉVOLTÉE, monologue en vers, par G. Feydeau, dit par mademoiselle O. d'Andor. . . . . I »

PROJETS POUR DIMANCHE,(triolets) par Lucien Cressonnois, monologue dit par Saint-Germain, du théâtre du Gymnase, in-18. . . . . 1 »

LA ROBE DE PERCALINE, monologue en vers, par J. Berr de Turique, dit par Mlle Barretta, de la Comédie-Française . . . . . I »

LES SOUFFLETS, naïveté en vers par V. Revel, dite par Mlle Lina Hermann du théâtre de la Renaissance. . . . . I »

UN HOMME A LA MER, monologue en prose, par E. Morand, dit par Coquelin cadet, de la Comédie-Française. . . . . I »

UN MARI, naïveté en vers, par V. Revel, dit par Mlle Maria Legault, du Vaudeville. . . . . I »

UN MONSIEUR QUI N'AIME PAS LES MONOLOGUES, monologue en prose, par Georges Feydeau, dit par Coquelin cadet, de la Comédie-Française. . . . . I »

UN PRIX DE DOUCEUR, monologue par Louis Tognetti . . . . . . I »

UN SCENARIO, par Mlle Thénard de la Comédie-Française. . . . I »

LE TIMBRE-POSTE, monologue en vers, par André Herman . . I »

TROP VIEUX! monologue en vers, par Georges Feydeau, dit par Saint-Germain, du Gymnase . . . . I »

UNE PRÉSENTATION, monologue en prose, par Mlle J. Thénard, de la Comédie-Française. . . . . I »

UNE SOURIS, monologue en vers, par Hippolyte Matabon, lauréat de l'Académie-Française, dit par Coquelin aîné, de la Comédie-Française . . . . I »

LE VIN GAI, monologue en vers, par Delannoy, du Vaudeville. . I »

MONOLOGUES COMPRIS DANS LES VOLUMES ET NE SE VENDANT PAS SÉPARÉMENT

L'AMI DE LA MAISON, monologue, par Ch. Cros (théâtre de campagne, 4e série) 3 50

L'ARTICLE II, monologue dit par Mlle Delaporte (théâtre de campagne, 4e série) 3 50

DE CALAIS A DOUVRES, monologue en vers, par Ernest d'Hervilly (théâtre de campagne, 3e série). 3 50

L'EMBARRAS DU CHOIX, monologue par le Cte W. Sollohub (théâtre de campagne, 7e série). 3 50

ENTRE LA SOUPE ET LES LÈVRES, soliloque en vers, par Ernest d'Hervilly (théâtre de campagne, 4e série) 3 50

LE FEU FOLLET, monologue, par le Cte W. Sollohub (théâtre de campagne, 7e série). 3 50

LE FOU RIRE, monologue en vers, par Jacques Normand (théâtre de campagne, 7e série). 3 5o

L'HOMME AUX PIEDS RETOURNÉS, monologue par Ch. Cros (théâtre de campagne, 6e série). 3 5o

L'HOMME PERDU, monologue par Ch. Cros (théâtre de campagne, 6e série). 3 5o

L'HOMME QUI A TROUVÉ, monologue, par Ch. Cros (théâtre de campagne, 7e série). 3 5o

L'INVENTION DE MON GRAND'ONCLE L'ARCHEVÊQUE DE BÉZIERS, monologue, par E. Desbeaux (théâtre de campagne, 7e série). 3 5o

LE JEUNE HOMME BLÊME, monologue, par Pirouette, dit par Coquelin cadet, de la Comédie-Française (Fariboles, par Pirouette, dessins de Henri Pille). In-8, papier teinté. . . . . 5 »

LE PENDU, monologue, par Ch. Cros (th. de campagne, 7e série). 3 5o

LE PREMIER PAS, monologue, par le Cte W. Sollohub (théâtre de campagne, 7e série). 3 5o

LE REPORTER, saynète (*A côté de la rampe*, comédies et saynètes, par Edouard Romberg). 3 5o

RETOUR DE VOYAGE, saynète, par Richard Cortambert (théâtre de campagne, 6e série) 3 5o

LE RIDEAU, monologue, par Eugène Verconsin (théâtre de campagne, 8e série). 3 5o

LE SECRET D'UNE VAINCUE, monologue en vers, par Ernest d'Hervilly (théâtre de campagne, 6e série). 3 5o

TRAITEMENT THERMAL, monologue en vers, par Eugène Manuel (théâtre de campagne, 8e série) 3 5o

UNE FEMME BIEN PLEURÉE, monologue en vers, par Paul Delair (théâtre de campagne, 6e série). 3 5o

UN COUP DE BOURSE, (*A côté de la rampe*, comédies et saynètes, par Edouard Romberg). 3 5o

20,000 FRANCS, monologue, par Emile Desbeaux (théâtre de campagne, 6e série). 3 5o

LE VIOLON, monologue en vers, par Ch. Cros (théâtre de campagne, 8e série). 3 5o

LA VISION DE CLAUDE, monologue en vers, par Paul Delair (théâtre de campagne, 6e série). 3 5o

MONOLOGUES COMIQUES ET DRAMATIQUES, par Grenet-Dancourt. 1 vol. grand in-18, ... 3 5o

Imprimerie générale de Chatillon-sur-Seine. — A. Pichat.